COLLECTION FOLIO

Sempé

Comme par hasard

Denoël

Certains dessins de l'édition en grand format
de *Comme par hasard* de Sempé
ne figurent pas dans cette présente édition
à cause de l'impossibilité de les réduire.

DON JUAN
DON JUAN

– C'est vraiment très gentil à vous d'être venus.

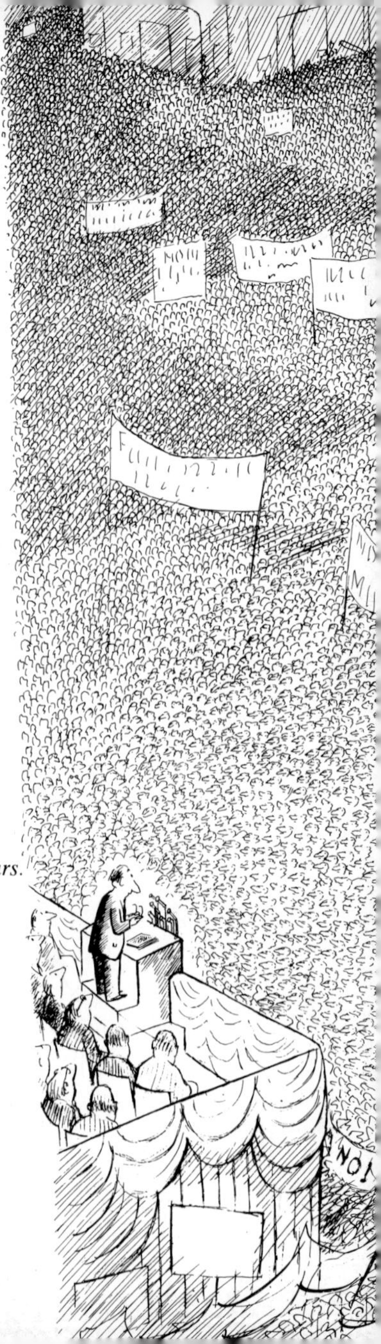

*– J'ai travaillé jusqu'à 4 heures
du matin pour préparer ce discours.
J'espère qu'il vous plaira…*

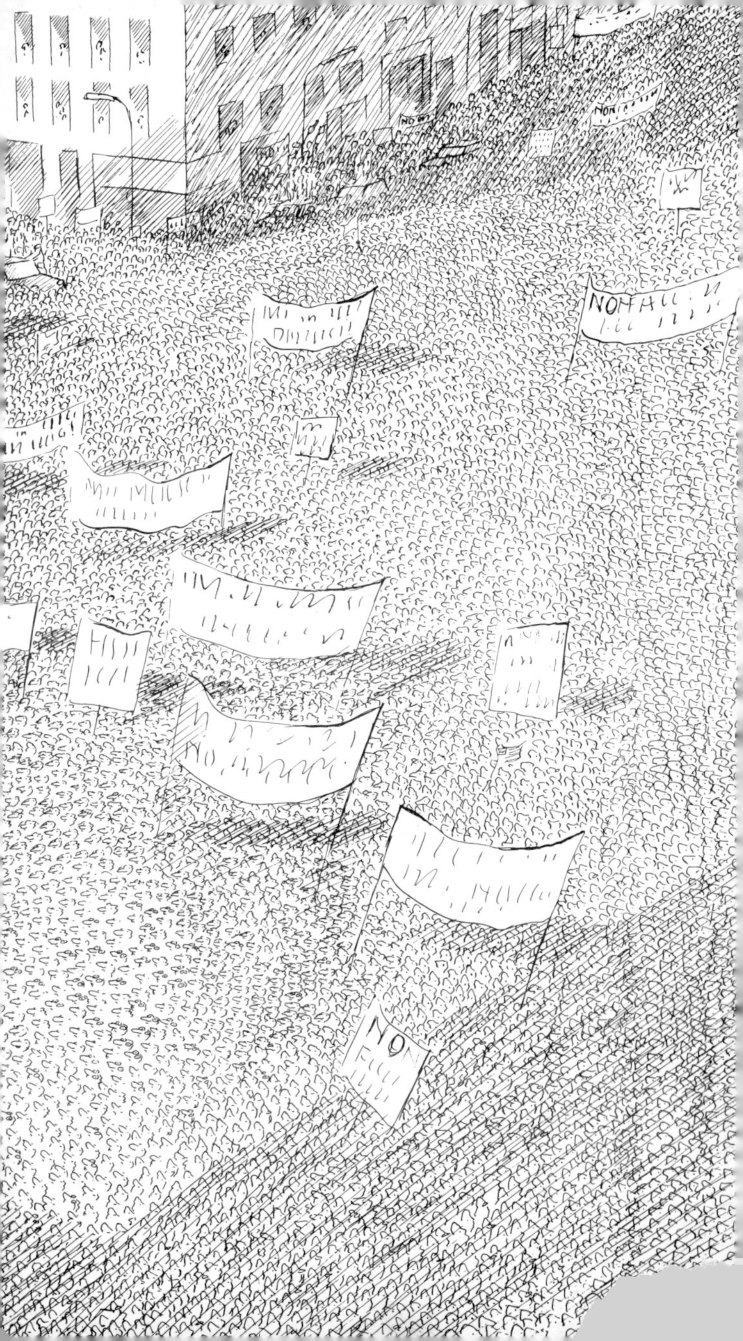
NON

– Je connais plein d'endroits où on cite encore certains de mes bons mots…

– Au premier tour et à l'unanimité, le jury du prix Elévation, devant le peu de qualité des œuvres examinées a décidé, comme les années précédentes, de ne pas attribuer son prix.

– *Ce qui me fait plaisir surtout,*
c'est de voir que ma sincérité est devenue vraiment opérationnelle.

– Bon. C'est un film que nous avons tourné en 16 millimètres et gonflé en 35. Equipe réduite, décors naturels. Pas de scénario écrit préalablement ni dialogues, les acteurs non professionnels que nous avons engagés sur place improvisant librement. La prise de son, les effets sonores ont été effectués par le club des chasseurs de son de la région. Le montage et le mixage ont été faits par l'ensemble des participants. Malheureusement, la diffusion de ce film a été déplorable : le distributeur travaillant en amateur.

des Homme
des Livres

– Et puis s'est produit ce phénomène bien connu en littérature : à mesure que j'avançais dans la rédaction de mon livre, mes personnages ont commencé à avoir, petit à petit, leur propre existence. C'est-à-dire qu'ils ont eu, pour ainsi dire, une vie, qui, en quelque sorte, échappait à leur créateur, une vie bien à eux. Résultat : 127 exemplaires vendus en 6 mois. Le bide.

– Ce qu'il faut empêcher, c'est qu'ils nationalisent le Nouveau Roman.

MYSTÈRE
DE
L'ORIENT

– Un grand merci à M. Chalougne et ses rites sacramentels des îles Baraouwé. Nous nous reverrons le mercredi 16 à 21 heures très précises, avec la présence maintenant assurée, mes chères amies, de deux mutants de Düsseldorf.

– *Le drame, c'est que même mes extravagances sont ordinaires…*

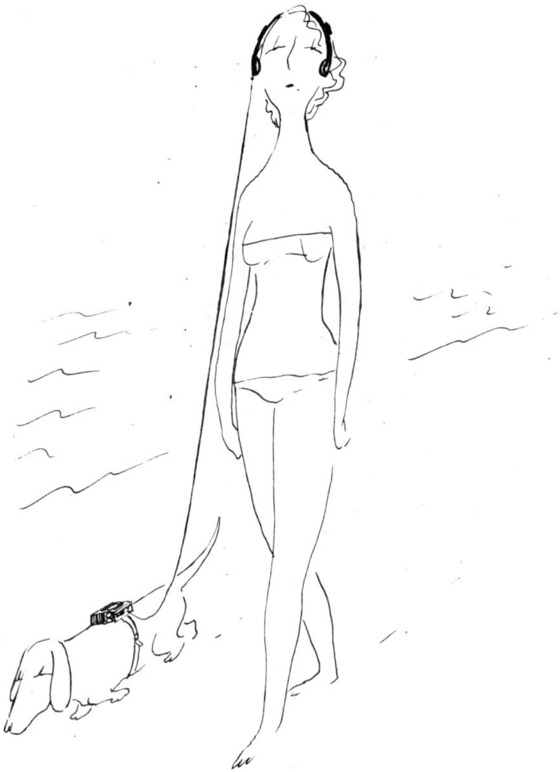

– Vous avez les bons titres,
mais pas les bonnes interprétations…

Les Tournées
Artistiques
BERTRANT

3

4

5

6

7

8

9

10

12

13

▶

14

15

16

17

▶

18

19

21

22

▶

25

26

27

28

– Je suis quand même un type qui aura distribué un certain nombre de torgnoles dans son existence…

– Le drame, en fait, c'est qu'il n'y a plus de sélection naturelle…

– Et, afin de manifester notre désapprobation, nous allons observer une minute de grommellements.

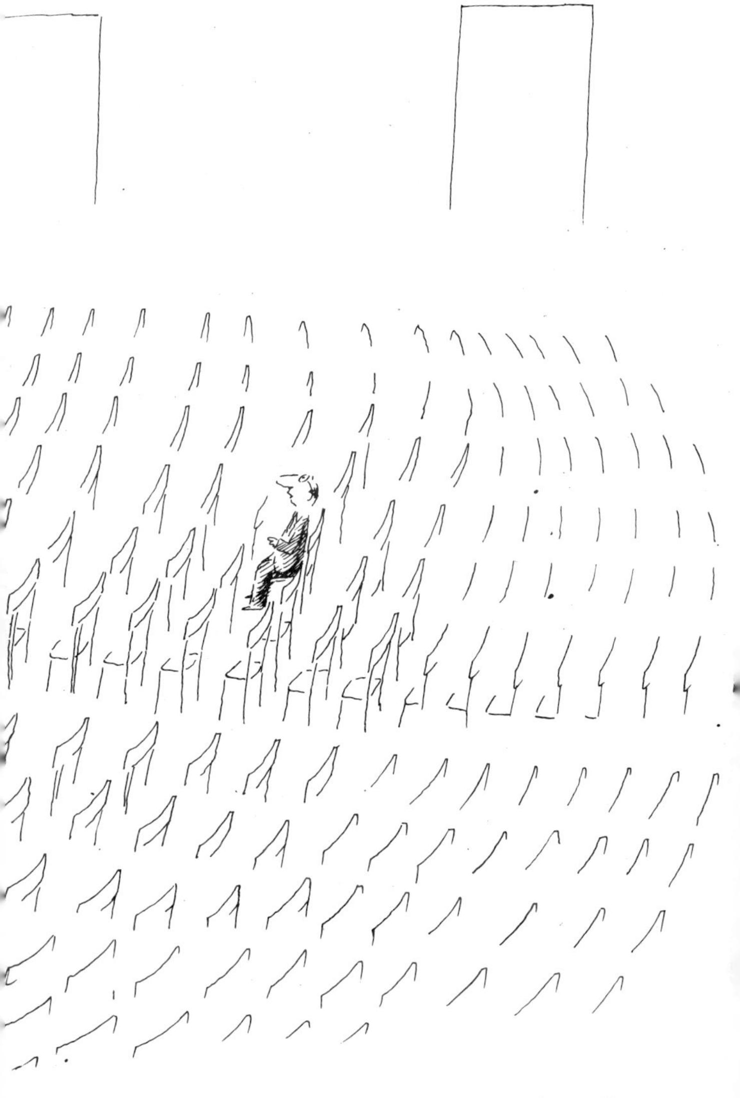

– *Ne crois pas que je sois venu apporter la contradiction Suzanne, au contraire, au contraire !...*

– *Solange, qu'as-tu fait, qu'avons-nous fait de mon animalité?*

– Finalement, contrairement à ce que l'on croit, ce n'est pas nous qui choisissons les femmes, mais bel et bien les femmes qui nous choisissent.

– *J'aurais voulu connaître un grand amour qui ravage tout, même mon garage…*

ETONNEZ
MOI

– Mon grand sujet de satisfaction, c'est d'avoir laissé un peu de moi-même dans le cœur de chaque femme que j'ai connue.

1

2

3

4

5

6

7

8

9

10

sempé

– Rester simple, tout est là.

ANDRE-PAUL POULOT
1908 - 1981
FIN DE LA
1ere PARTIE
Sempé 1981

DU MÊME AUTEUR

Aux Éditions Denoël

RIEN N'EST SIMPLE, 1962 (repris en « Folio », *n° 873*).
TOUT SE COMPLIQUE, 1963 (repris en « Folio », *n° 867*).
SAUVE QUI PEUT, 1964 (repris en « Folio », *n° 81*).
MONSIEUR LAMBERT, 1965 (repris en « Folio », *n° 2200*).
LA GRANDE PANIQUE, 1966 (repris en « Folio », *n° 82*).
SAINT-TROPEZ, 1968 (repris en « Folio », *n° 706*).
INFORMATION-CONSOMMATION, 1968.
MARCELLIN CAILLOU, (repris en « Folio junior Ed. spéciale », *n° 561*).
DES HAUTS ET DES BAS, 1970 (repris en « Folio », *n° 1971*).
FACE À FACE, 1972 (repris en « Folio », *n° 2055*).
BONJOUR, BONSOIR, 1974.
L'ASCENSION SOCIALE DE MONSIEUR LAMBERT, 1975.
SIMPLE QUESTION D'ÉQUILIBRE, 1977. Nouvelle édition en 1992 (repris en « Folio », *n° 3123*).
UN LÉGER DÉCALAGE, 1977.
LES MUSICIENS, 1977. Nouvelle édition en 1996 (repris en « Folio », *n° 1993*).
COMME PAR HASARD, 1981 (repris en « Folio », *n° 2088*).
DE BON MATIN, 1983 (repris en « Folio », *n° 2135*).
VAGUEMENT COMPÉTITIF, 1985 (repris en « Folio », *n° 2275*).
LUXE, CALME ET VOLUPTÉ, 1987 (repris en « Folio », *n° 2535*).
PAR AVION, 1989 (repris en « Folio », *n° 2370*).
VACANCES, 1990.
ÂMES SŒURS, 1991 (repris en « Folio », *n° 2735*).
INSONDABLES MYSTÈRES, 1993 (repris en « Folio », *n° 2850*).
RAOUL TABURIN, 1996 (repris en « Foliojunior », *n° 854*).
GRANDS RÊVES, 1997.

En collaboration avec Goscinny

LE PETIT NICOLAS, 1960 (repris en « Folio », *n° 423*).
LES RÉCRÉS DU PETIT NICOLAS, 1961 (repris en « Folio », *n° 2665* et « Folio junior », *n° 468*).
LES VACANCES DU PETIT NICOLAS, 1962 (repris en « Folio », *n° 2664* et « Folio junior Éd. spéciale », *n° 457*).
LE PETIT NICOLAS ET LES COPAINS, 1963. Nouvelle édition en 1994 (repris en « Folio », *n° 2663* et « Folio junior Éd. spéciale », *n° 475*).
LE PETIT NICOLAS A DES ENNUIS, 1993 (repris en « Folio », *n° 2666* et « Folio junior Éd. spéciale », *n° 444*).
JOACHIM A DES ENNUIS, 1964 (repris en « Folio junior », *n° 138*).

Imprimé par Pollina s.a., 85400 Luçon
le 29 mars 2000
Dépôt légal : mars 2000
1er dépôt légal dans la Collection : octobre 1989
Numéro d'imprimeur : 80196

96186